AF211077

# Kansan tuska

## Paavo Räisänen

Olen julkaissut aiemmin BoD:in kustantamana useita kirjoja.
Kirjailija sivuni: www.kirja-lakka.com

Kustantaja: BoD · Books on Demand GmbH, Helsinki, Suomi
Kirjapaino: Libri Plureos GmbH, Hampuri, Saksa
ISBN: 978-952-80-8560-7

Kun ruumiini raiskannut on saatana

Vereni juonut on

Polttanut sen jäänteet

Tuhkani kaatopaikalla lepää

Rotat vartioivat salaisuutta

Haaskalinnut lentävät

Puolustavat maista majaani

Minne hävisi Jan Hussin

Marttyyrien tuhka

Viimeisenä päivänä

Jumalan enkelin vartioimaan sielu

Ylösnousemusruumis

Nousee kirkkaana eteen Valtaistuimen

3

Ihminen on luonnostaan terve. Lääkkeillä tehdään sairas. Sairaalassa pakkosyötetään

lääkkeitä. Jos et syö kotona, pakotetaan, ettet osaa hoitaa sairauttasi. Lääkkeet tekevät

sairauden. Ihmisen on oikeus kuolla. Jumala on elämän ja kuoleman Herra. Korpimatkalla

kansa eli yli puoli vuotta juomatta ja syömättä ja ihminen voi jaksaa valvoa viikkokausia

lähes nukkumatta. Saatana määrää silloin syömään. Nukkumaan ja juomaan. Jumala voi

ottaa nämä tarpeet pois. Kuten usein profeetoilta korvessa. Jumala on elämän ja

kuoleman Herra ja ihminen voi kävellä vaatteet, ilman suojapukua, päällä tulimeren läpi ja

hiuskaan ei kärähdä. Tai kuolla perusterveenä 20 vuotiaana yhtäkkiä sydänkohtaukseen ja

se huomataan ruumiinavauksessa, sillä Jumala jätti merkin. Etsijälle, kadotetulle, sillä

ruumiin voi vain tarkistaa. Onko pistohaavoja. Tai veressä merkkejä myrkystä, eikä

ruumiilta saa ottaa mitään, ei sydäntä, ei verkkokalvoja Tai suonta.

4

Buckinghamin palatsin pihalla patsaana on langennut enkeli, se joutui tunnustamaan sen. Juurella lienet Raamatun Pyhiä, asuuko enää englannissa. Muutamia, pieni joukko, paljon lapsia.

## Aito avioliitto

Asetti Jumala avioliiton, aidon

Paratiisissa

antoi aviorakkauden Pyhän

Miehen ja naisen välille

"yhdeksi lihaksi on teidän tultava,

verenne sekoittuva,

Minä Jumala siunaan liittonne"


Teki käärme huorin

irtoliha lähti liikkeelle

meni luokse saatanan

kysyi neuvoa

antoi saatana avioliiton

homolle, lesbolle

Jumalan kiroaman

Jo Raamatun Sanassa

Kirjoitti Mooses kuolemantuomion

homolle, lesbolle

tuomion poisti Rooman keisari Jumalaton

ei kuunnellut lakia Jumalan kirjoituttamaa

enkelien Jumalan antamaa

Siinain vuorella ukkosen pauhatessa

taivaan lyödessä tulta

Mooseksen tavatessa Jeesuksen

joka antoi kivitauluihin tekstin


Ei poistanut Jeesus lakia

sen hän sanoi Sanassaan

ei poistanut profeetoita

senkin Hän sanoi

tieto laista, profeetoista

kätketty Raamattuun

hukkui vuosituhansien vainoissa

totuus kerrottu Siioniin

"Sillä Siionista on tuleva laki,

kuolemantuomio synnistä."

sen Raamattu ennustaa

Ei pelkoa Herran kansalla

Jeesus on turva, armo omien

Laki kuuluu Jumalan hylänneille

kansalle kirotulle

vaeltaa pimeydessä

teki saatanan toimesta oman Jeesuksen

antikristuksen

Kun koittaa tuomio lopullinen

on vain kaksi joukkoa

ovat siunatut ja kirotut

Isän Siunatuille kuuluu:

"Tulkaa te Isäni Siunatut,

nauttimaan ikuista Taivaan riemua,

rauhaa, ikuista hääjuhlaa Karitsan,

voittajan"


Tämä videona on musiikin kanssa julkaistu YouTube kanavallani, jolle on linkki kotisivultani www.kirja-lakka.com

Helsingin tuomiokirkossa on langenneen enkelin veistos. Sanoo olevansa Ylienkeli Gabriel tuomassa viestiä Neitsyt Marialle. Tuomiokirkon enkeli on valehtelija. Näette Lutherin ja mitä hän kertoi paaville, mutta sitä ei kirjoitettu ylös ja paljon enemmän hän olisi kertonut, jos häntä olisi kuunneltu. amen. Tuomiokirkon enkeli on feminiini. Ylienkelit ja Ylimmäinen enkeli ovat miehiä. Eivät naisellisia. Miehiä kiiltävissä vaatteissa Rafael, Gabriel, Mikael, myös voivat olla mustassa kirkkaassa asussa, kuten Ylienkeli Mikael, kun sotajoukkoineen näyttäytyi Joosualle ja Joosua kysyi: oletteko ystäviä vai vihollisia. Mikael vastasi, emme kumpiakaan, vaan Herran Sebaotin sotajoukkoa. He olivat ystäviä. Miksi Joosua kysyy sitä Jumalan enkeliltä. Eikö hän tuntenut heitä?

Helsingin tuomiokirkossa on langenneen enkelin veistos. Sanoo olevansa Ylienkeli Gabriel tuomassa viestiä Neitsyt Marialle. Tuomiokirkon enkeli on valehtelija. Näette Lutherin ja mitä hän kertoi paaville, mutta sitä ei kirjoitettu ylös ja paljon enemmän hän olisi kertonut, jos häntä olisi kuunneltu. amen. Tuomiokirkon enkeli on feminiini. Ylienkelit ja Ylimmäinen enkeli ovat miehiä. Eivät naisellisia. Miehiä kiiltävissä vaatteissa Rafael, Gabriel, Mikael, myös voivat olla mustassa kirkkaassa asussa, kuten Ylienkeli Mikael, kun sotajoukkoineen näyttäytyi Joosualle ja Joosua kysyi: oletteko ystäviä vai vihollisia. Mikael vastasi, emme kumpiakaan, vaan Herran Sebaotin sotajoukkoa. He olivat ystäviä. Miksi Joosua kysyy sitä Jumalan enkeliltä. Eikö hän tuntenut heitä?

Tämä on tuomio. Yhdysvaltain Vapaudenpatsas kuuluu murskata kivipölyksi paikoilleen dynamiitilla. Ei Kristus ollut soihtu kädessä voittaja orjantappurakruunu, väärennetty päässään, joka uhkaa piikeillä katsojaa. Hän kärsi suunnattomat tuskat, kun piikit pistivät hänen veristä otsaansa, viiltäen, pistäen ja häntä pilkattiin, ruoskittiin huorintekomme ja muut syntimme Hänen ruumiiseensa, jotka synnit Hän sovitti kantaen ristinsä Golgatalle, mutta kuten Simon Kyreneläinen, mekin kannamme Kristuksen ristiä ja se on Kristityn, uskovaisen osa, jonka monet ovat hylänneet ja kantavat vain työhuolensa, ajalliset elatusmurheet, usein kadottavat, koska piti tietää enemmän kuin Jumala salli tietää ja saatana vastasi kyselijälle ja piti saada uusi auto, kun entinen ei kelvannut ja kaikesta tästä Raamattu varoitti, mutta me emme uskoneet, saatana on liian ihana, hän tulee nyt ripille ja on nöyrä ja rakastaa meitä ja haluaa, kuten aikoinaan Jeesukselle, tehdä parannuksen ja saada taivasosansa takaisin, mutta hän rikkoi liian pahasti Jumalaa vastaa, kun asettui uhmaten hänen eteensä ja teki epätoivoisen hyökkäyksen, torjutun ja Jumala kirosi hänet ja hänen enkelinsä ja syöksi maan päälle ja ristillä kun Kristus verissään riippui, saatana hyökkäsi ja yritti tappaa Jeesuksen ja tuntikausia kesti kamppailu, hirveä ja suunnattomat olivat Jeesuksen tuskat, sillä niitä ei lievitetty, kuten kidutetuilla ja orjalaivojen kauheuksissa. Sillä Yksin Hän. Kristus on kuoleman voittanut ja Hänessä on jokaisella ikuinen elämä ja ihmisellä on kuolematon sielu, joka joutuu tuomiolle, kun ylösnousemusruumis nousee tuhkastakin.

Tämä on Jumalan ilmoitus. Me emme saaneet tehdä ainuttakaan patsasta, krusifiksia tai alttaritaulua, edes kyyhkysiä, kuvina Herran huoneeseen, emme Rauhanyhdistyksille, emmekä mihinkään kirkkoon ja niistä on kaikki koreus riisuttava ja liian suuret urut ovat epäjumalan palvontaa, sillä saatana virittää osan pilleistä ja puhaltaa niistä omat äänensä, ikuisesti. amen.

Totuus on, että on naiskirkkoherroja, joilla ei ole Jumalaa. He ovat pimeydessä tehneet huorin Vapahtajansa Jeesuksen ja ovat pimeyden ruhtinaan palveluksessa ja he tietävät mitä tekevät, sillä katsokaa heidän pyhyyttään, kuinka se loistaa.

Uskovaisten pitäisi lopettaa skeittipuistoissa ja jopa skeittirampeilla kulku. Siellä tehdään turhaan hengen ja terveyden vaarantavia temppuja yllytettynä, samoin laskettelurinteiden hyppy ja temppuradoilla ja mäissä ja katkennut jalka ei ole tekosyy väistää etulinjaa sodassa, koska sotilas voidaan ruokkia poteroonsa ja kantaa vessa asioille ja nukkumaan. Mutta tahallaan jalkansa katkaissut on uhmannut Jumalaa ja on pelkuri sodassa, miten hän on näyttänyt ns rohkeutensa, eli antanut periksi saatanalle, sillä juuri näin hän osoittaa rohkeutensa.

Suomessa oli alkuperäinen, Jumalan taivaasta alas laskema kansa, joka täytti eri värisinä ja hieman erilaisina ihmisinä maailman n 6000 vuotta sitten, kun syntiinlankeemus tapahtui ja Aadam ja Eeva karkoitettiin Paratiisista. Kaikille kansoille annettiin lupaus Jeesuksesta ja usko ja suojaksi Jumalan enkelit. Samaan aikaan taivaassa käytiin sota ja saatana enkeleineen syöstiin voitettuna maan päälle ja se alkoi vietellä ihmistä. Joskus jo ennen Nooan aikaa lähti kansa vaeltamaan tuntemattomia reittejä ja osa saapui tänne Suomeen ja asutti tämän Saamelaisten, alkuperäiskansan lisäksi. Vedenpaisumuksessa tuhoutui vain sen ajan tunnettu maailma. Oppi, että Mustameri olisi täyttynyt vedellä ja Nooa olisi asunut siellä, ei pidä paikkaansa. Jossain oli kymmenen kilometriä korkea vesimuuri, ja ihmiset näkivät sen, mutta perimä ei enää muista. Kaikkialla maan päällä tapahtui veden nousua ja siksi kansat tuntevat oman vedenpaisumuskertomuksensa. Ihmiset Suomessakin lankesivat saatanan viettelemínä. Myös Jumalan enkelit lankesivat. Ne antoivat meidän Kalevalana tunteman, hieman sen tapaisen uskon ja opin ja Ukko ylijumala oli enkelin, langenneen Jumalan enkelin tekemä Jumala. Saamelaiset turvautuivat henkien palvontaan. paavi lähetti murhaajansa Suomeen tappamaan kaiken uskon, sillä hän oli, kuten Luther näki, antikristus, eli saatanan tekemä mies. Myöhemmin tuli Lutherin oppilas, uskovainen mies Agricola ja sai aikaan mm ensimmäisen Raamatunkäännöksen Suomeksi ja Suomen kirjakielen, josta myöhemmin Jumalan enkelien avulla tehtiin

Biblia, joka on ikuisesti ainoa Jumalan Suomeksi hyväksymä ja ainoa täydellinen Raamattu.

Venäjälle oli paavin alaisuudesta karannut Ortodoksit ja heidän mukanaan suuri joukko maan hiljaisia, uskovaisia. Osa jäi Saksaan ja löysi Lutherin. Venäjällä säilyi Ortodoksisen kirkon suojissa pieni joukko uskovaisia, jotka Kristinuskon Suomeen tuoneen Lestadiuksen lähettiläät löysivät. Siihen asti oli jännite. Venäjällä oli poika ja uskovaisia, Suomessa Jumalasta luopunut kristinusko. Vasta Lestadius voitti saamelaisten epäjumalat ja henkien palvonnan ja hävitti Kalevalan ja ukko ylijumalan taruiksi. Kävi vain surullisesti, että Lestadiuksen työn seurauksena saatana raivosi entistä enemmän ja teki väärät profeetat, useita heistä, tunnetuin lienet Paavo Ruotsalainen, jota Lestadius yritti turhaan käännyttää, Ruotsalainen vaati oikealta Jumalan profeetalta väkisin profeetan ja sortui henkien palvontaan ja oli kadotettu jo eläissään ja suuri on hänen harhaan johdettu, helvettiä odottava laumansa.

Lallin tarina. Hän oli pois kotoa, kun saatanan lähettiläs, piispa Henrik saapui hänen kotiinsa, jossa oli hänen vaimonsa ja lapsensa. piispa vaati talon äidiltä, joka suojeli lapsiaan Jumalan siunaaman leivän ja olisi murhannut sen saatanan opillaan. Kun emäntä ei leipäänsä, Jumalan siunaamaa antanut, piispan kaavussa saatana otti väkisin ja murhasi talon. Lalli palatessaan suuttui. Hän teki, mitä Jumala tahtoi hänen tekevän. Seurasi murhaajan jälkiä ja teloitti saatanan miehen Köyliöjärven jäällä. Silminnäkijä kuski näki, uskoi ja valehteli tapahtuman, koska pelkäsi paljastaa totuutta, mitä näki tapahtuvan.

Paavali opetti, esivallalle oli oltava kuuliainen. Rooman esivalta oli Jumalalta, vaikka se oli sortunut epäjumalien palvontaan. zeus, apollo ja muut antiikin jumalat olivat langenneiden enkelien tekemiä jumalia, ne eivät olleet vihollisen, vaan langenneiden Jumalan enkelien tekemiä jumalia ja heille, jotka niitä palvoivat, totta. He palvoivat myös tuntematonta Jumalaa ja hänestä Paavali sanoikin, Hän oli oikea elävä, meidän Jumalamme. Jumala ei ollut antanut Suomeen hallitsijaa ja Suomi oli vuoroin Venäjän, vuoroin Ruotsin alaisuudessa. Lestadius halusi Suomeen kuninkaan, joka tänne myös joskus annetaan, sillä kuningas on Jumalan tahtoma hallitusmuoto, demokratia kapinallinen saatanan työase, joka kaatoi Jumalan antaman esivallan, mm Ranskasta ja Yhdysvalloista. Kalle Augusti Lohi kannatti kuitenkin presidenttiä, kun vaati Suomen itsenäiseksi, kun Venäjä perusti kommunistivaltion ja oli uhka, että ateismi valtaa Suomen, mutta se valtasi kuitenkin myöhemmin, saatanan työaseiden, psykologian, filosofian ja TV:n tuoman viihteen ja muun paheen ja valheen seurauksena, sillä Freud oli saatanan tekemä ja kouluttama miehenkuvatus, joka teki huoria ja käärmeitä aseikseen ja antoi opit suojella heitä ja Pavlov oli toinen hänen kaltaisensa, sillä koe olosuhteita ei voi järjestää, ne vuotavat ja ovat saatanan harha. Kummankin oppi juurineen on paljastettu Siioniin ja Jumalan enkeli on haudannut sekä Freudin, että Pavlovin ja seisoo heidän haudallaan vartiossa, kun heidän majansa odottaa viimeistä tuomiota helvetin tuleen.

Emme ehkä saa tietää, kuka oli Marx. Hän näki aivan oikein, että kapitalismin loi saatana murhaajien maassa, jossa hän riehui, kun skalpeerasi Jumalaan uskovaa alkuperäiskansaa, intiaani lapsia ja naisia tapporahaa varten. Hän lähetti orjakauppiaat metsästämään afrikkalaisia ja teki Jumalaan uskovista tummaihoisista eläimen kaltaisia, joita papit turhaan yrittivät tehdä ihmisiksi jälleen kasteen avulla, kun oikein olisi ollut tarjota ensin Kristuksen Evankeliumi ja sitten kastaa, sillä Jumalan kansa kastaa aina uskovaisen ja pieni lapsi on aina uskovainen jo syntyessään, jokainen poika Raamatun mukaan Jumalan poika ja tyttö Kristuksen morsian. Marx asettui siis saatanan oppia vastaan, mutta huono oli hänen aseensa. Tuli aika, jolloin nousi ensin Lenin kannattamaan Marxia aseena saatanaa vastaan, joka hyökkäsi lännestä. Jumala salli, että maan sai valtaansa pahasti langennut enkeli, se palvoi vielä Jumalaa ja taisteli saatanaa vastaan, mutta se sanoi olevansa ateisti, antoi hirveän opin ja teki väärän kommunismin profeetan, jota kukaan ei tiedä ja joka otti Marxin oppeja ja loi oman, paremman tieteen kuin lännessä, mutta se peitti sotansa ja murhasi myös Jumalan kansaa.

Te näette nyt, kuinka suuri on sodan ja ihmiskuntien kohtalon salaisuus. Sodan saa aina aikaan saatana, mutta yleensä Jumala on se, joka hyökkää ja puolustautuu sodalla ja ihmisten on annettava anteeksi historian vääryydet, sillä joka maassa ovat saatanan joukot, jotka eivät anna mitään anteeksi, vaikka itse he saivat aikaan sodat ja vääryydet. amen.

Te nyt ymmärrätte, mitä saatana sai aikaan. Se sai ihmisen haluamaan olla Jumalan vertainen ja tietää kaikki. Jumala kertoo ajallaan, mitä hyväksi näkee ja emme saa kiusata Jumalaa ja haluta tietää enempää, kuin Hän haluaa kertoa, sillä kaikki tarpeelliset keksinnöt ja oikea tieto olisi annettu ajallaan Jumalalta ja saatana käytti ihmisen itsekkyyttä, ahneutta, vallanhimoa, kunnianhimoa ja kaikkea muuta syntiä aseenaan, ja saatana otti lähes maailman herruuden kaikella tällä ja synnillä, mutta oli ns "alikehittyneitä" kansoja ja heimoja, jotka elivät sademetsissä ja he eivät välittäneet "kehityksestä" koska heitä vartioivat enkelit, jotka kertoivat kaiken olevan saatanan ase murhata heiltä poika ja he jäivät odottamaan meitä ja oikeaa elävää sanomaa Kristuksesta, joka on sovittanut heidänkin syntinsä, sillä he eivät ottaneet vastaan edes luterilaisia murhaajia, jotka olisivat kasteella antaneet heille Jumalan, sillä heidän uskonsa Jumalaan oli aitoa ja luterilaisten usko oli antikristuksen, saatanan pimittämä ja he vain murhasivat kasteella uskon.

Saatte tietää suuren salaisuuden Suomen historiasta. Lutherin oppilas Agricola, uskovainen mies toi elävän uskon Suomeen. Mutta se ei menestynyt täällä. Tämä oli Jumalaton pakanakansa ja ihmisistä tuli tapakristittyjä. Myös Agricola täällä näytti kieltäneen uskonsa, mutta mikä on totuus. Katsokaa Lutherin kuvaa taivaalla ja verratkaa Agricolaan. Lutherin kautta vaikutti Jumalan ylienkeli Rafael. Luther oli tiiviissä yhteydessä Saksan maan hiljaisiin, uskovaisiin ja ajoi postilloillaan herätystä, jonka kirkko hylkäsi. paavi ei hyväksynyt uskon puhdistusta, sillä Luther salaa puhutteli mm. kuvien palvonnasta, sillä kirkkoon eivät kuulu edes alttaritaulut, jotka ovat aina väärennös, sillä kuvaa Jumalasta, Jeesuksesta tai enkelistä ei saanut tehdä, eikä voi tehdä, vaan ne ovat aina vale. Luther antoi pakosta mm. Katekismuksen, jolla mennään taatusti helvettiin, jos siihen uskoo, kuten muullakin hänen antamallaan kirkko opilla, joka oli tarkoitettu vain suojaksi Jumalan kansalle, kunnes aika koittaa ja on Jumalan aika perustaa todellinen, oikea kirkko Herran tahdon jälkeen. Ison Vihan aika. Venäjällä ortodoksien keskellä oli elävä usko ja poika. Suomessa saatanan viettelemä luterilainen pakanallinen kirkko. Jumala salli, että Venäjä sai vallata Suomen. amen.

23

Raamattu sen opettaa. Hääyönä he tulevat yhdeksi lihaksi, heidän verensä yhdistyy ja he ovat yksi liha ja ikuisesti toisiinsa sidottuja. Huorinteko on kauhea synti, koska he kieltäytyvät ottamasta yhteistä lihaa ja siksi moni kieltää lihan kokonaan. Homoteko on vielä pahempi ja lesbous aivan hirveä synti. Tästä kaikesta on mahdollisuus saada parannuksen armo. On mahdollista, että näissä synneissä ihminen antaa Jumalansa ja lihansa saatanalle ja on pimeyden oma ja teko on lopullinen kadotetun osa.

Filosofia oli saatanan murha ase, jolla hän murhasi lähetystyön Aleksandriassa ja Egyptissä ja antiikin filosofia loi enkelimaailman uskonnon vastustajaksi ja kuuluu hylätä. Paavali kertoi teille totuuden, mutta olette kovakorvainen kansa ja ette usko, hän varoitti, järki sotii uskoa vastaan ja varoitti filosofisista jaarituksista, sillä filosofia on turha jaaritus ja saatana toimii sitä kautta.

Jumala antoi alkujaan lääketieteen, jonka juuret lienet muinaisessa Egyptissä ja Evankelista Luukas oli lääkäri. Somaattisesta lääkehoidosta ja turvallisista leikkauksista ei kuulu kieltäytyä. Jumala on antanut lääketieteelle tapoja pidentää elinikää ja antaa terveempi elämä. Jumala on terveyden, ja elämän ja kuoleman Herra ja on Hänen käsissään, auttaako hoito.

"Joka tuomitsee, se tuomitaan, mutta joka ei tuomitse syntiä ja puhuttele siitä, tuomitaan iänkaikkiseen helvetin tuleen. amen"

Jeesus tuomitsi. Hän sanoi, että se joka tuomitsee, tuomitaan. Siksi Jeesuksen piti kuolla, että Hän täyttäisi antamansa Sanan. Koska Hän oli tuominnut, Hänetkin tuomittiin. Mutta joka jättää tuomitsematta ja hyväksyy synnin, saa viimeisellä tuomiolla kirotun ja kadotetun osan.

Raamatussa apostoli tunnustaa Roomalaisten opin "te olette Jumalat" oikeaksi. Me olemme Jumalat, kun synnymme ja koko elämämme, jos pidämme uskon. Lapsessa, kaikissa on Jumalan Pyhä Henki, Hänen kolmas persoonansa, joka on Jumala, joka asuu meissä. Me emme saa uskoa tähän liikaa oppina, koska emme ymmärrä tätä. Mutta roomalaiset lankesivat syntiin ja menettivät Pyhän Hengen. Heitä vartioivat langenneet Jumalan enkelit. He antoivat heille opin: "te olette Jumalat", vaikka he eivät enää epäuskonsa takia olleet, mutta enkeli teki heistä ihmisiä, jotka pystyivät ihmiselle mahdottomiinkin tekoihin. Ja he tunsivat olevansa jumalolentoja.

Miksi taivaassa käytiin sota Jumalan enkelin Mikaelin sotajoukon ja saatanan sotajoukon välillä. Emme saa tietää. Mikael olisi toinen käsi sidottunakin voittanut yksin saatanan ja kaikki hänen enkelinsä. Yksi Jumalan tai Jeesuksen Sana olisi kaatanut saatanan joukot. Entä ylimmäinen enkeli, josta Raamattu puhuu vähän, mutta kun kerran idän taivas aukeaa, hän soittaa pasuunaan ja Jeesus tulee enkeleineen noutamaan omansa kotia ja meri antaa omansa, maa omansa ja kaikki kootaan Kristuksen tuomioistuimen eteen. Autuas se, jonka synnit ovat anteeksi.

Te ette ymmärrä kidutuspaalua. Eivät intiaanit kiduttaneet. Mutta tulivat maahan saatanan omat murhaajat skalpeeraamaan naisia ja lapsia. Ja intiaanit näyttivät joillekin saatanan lähettiläille, kuinka he kiduttavat ja rohkea sotilas kestää sen, koska hän menettää lopulta kivun tunteensa, toisin kuin Jeesus ristillä, kun taisteli saatanaa vastaan.

Te ette ymmärrä Jeesuksen ristinkuolemaa ja saatanaa. Jeesuksen piti kuolla. saatana olisi tehnyt parannuksen, mutta Jumala oli jo taivaassa tuominnut hänet ja saatanan oli myöhäistä katua. saatana teki ensin vieteltynä pienen synnin ja Jumala tarjosi anteeksiantoa, mutta saatanan nousu Jumalaa vastaa, kuten nyt tapahtui, oli niin paha rikos, että Jumala lopullisesti tuomitsi Pojassaan saatanan ja jonka Jeesus on tuominnut, sitä ei koskaan saa anteeksi. Jumala pakotti saatanan kavaltamaan Jeesuksen ja yrittämään Jeesuksen surmaamista ristillä ja saatana epäonnistui, Jeesus voitti hänet ja oli lyöty tomuksi joka sai pimeydessä muotonsa ja jäi vaivaamaan ihmiskuntaa.

Minä en ole varma, mutta lääketiede on ilmeisesti keksitty muinaisessa Egyptissä. Siellä oli uskovaisia. Jumala teki sen siellä. Waltarin lääkäri oli ehkä olemassa, vaikka Waltarin kirjoissa osa on keksittyä ja osa jää vaille totuuden kertomista.

Kertomus satakielestä Kiinan hovissa ja keisarista on ilmeisesti todellisuuspohjainen. Siellä oli hyvä keisari. Joku keisari lankesi. Huoruus ja huorinteko pimeyteen sidotun huoran kanssa oli lankeamisen syy. saatana toi keisarille koiran ja rotan lihaa, rotat jopa elävinä poikasina, elävien sammakkojen syömisen raateluna ja sammakon nuijapäiden syöttämisen jopa lapsille juotavaksi. Keisarin hovi rappeutui. Venäjällä oli kasakoiden, tataarien ja ison vihan aikainen murhaajien muisto, Jumalasta luopuneiden. Jumala salli kommunismin ottaa nämä maat ja pelastaa jopa ateismilla maa saatanalta.

Jumala antoi meille paimentolaisuuden, käsityöammatit, luontaiselinkeinot. Myöhemmin tuomarit ja kansan epäuskon takia kuninkaat, koska vierailla langenneilla kansoilla oli jo kuningas ja kansa vaati. Jumala halusi kansan ensin kääntyvän ja lähetystyön laajentua. Kuningas oli este, syntyivät maat ja rajat, kansat ja sodat ja valtakunnat, jotka riitelivät, koska kaikkien piti olla yksi Jumalan kansa. Sitten saatana sai aikaan ihmisen halun olla Jumalan vertainen, tietää kaikki, tehdä keksinnöt. Jumala olisi antanut tarpeellisen ajallaan, mitä lähetystyö ja ihminen tarvitsi. Emme tarvinneet lentokonetta. Se oli turhuus. Vaiva.

Uskon tunnustuksemme:

On vain yksi Jumala. Pojassa Sana tuli lihaksi. Hallitsee Taivaassa ja Maan päällä. Kulkee veljenä seurassamme. Teemme huorin. Hän antaa itsensä takaisin palaavalle, joka katuu. Olemme Jumalat. Jumalan Pyhä Henki, Hän itse asuu meissä. Poika on syntyessään Jumalan Poika. siksi maan päällä on nytkin miljardeja meitä, uskovaisia, kunhan löydämme heidät. amen.

Opetamme: ilman Evankeliumia ei kukaan varjellu uskovaisena. Kun kansat laskettiin maan päälle n 6000 vuotta sitten, kaikille heille annettiin lupaus Jeesuksesta, jota he jäivät odottamaan ja Evankeliumi.

Ylensyönti on synti. Raamatun uskovaiset, kuninkaita myöten olivat hoikkia. He eivät saaneet syödä jatkuvasti, vaikka saatana syötti herkkuja ja kuninkailla oli vara syödä ja kaikki herkut aina tarjolla. Elia korvessa oli puolikin vuotta ilman vettä ja ruokaa, samoin Korven matkalaiset. He eivät tarvinneet edes vettä ja vain harvoin enkeli tuli ja ruokki Eliaa. Heidän vaatteensa eivät kuluneet Korven matkalla, joka kesti 40 vuotta. Kansa kasvoi moninkertaiseksi, mutta heillä oli aina vaatteet. He eivät peseytyneet edes joka vuosi ja taudit eivät iskeneet. Ja te luulette ymmärtävänne ihmistä ja hänen salaisuutensa.

36

Jeesus Kristus tuli maailmaan, jotta Hän perkeleen työt särkisi ja voittaisi pimeyden ja yksikään joka Häneen uskoo ja turvaa Häneen, ei ikinä kuole, sillä elämä maallinen kerran päättyy, mutta uskovaisilla alkaa uusi elämä taivaassa Kristuksessa ja Hän antaa armon sille, joka palaa ja katuu ja pimeyden valtakuntaa hallitsee saatana, tulee nyt julki ja esille ja TV oli hänen aseensa, joka vaati synnin tunnossa olevat takaisin saatanan valtakuntaa ja sen orjaksi ja kirkon kaste oli saatanan ase, jolla saatana kasti ja sanoi, että kerran kastettu pelastuu aina ja antikristus, saatanan yksi olomuoto teki heille oman Jeesuksen ja oman Raamatun, joka on kirkon oppikirja. amen.

saatana sanoo olevansa elämän ja kuoleman Herra ja tautien herra ja on kirjoituttanut sen tupakka pakkauksiin ja lääketieteeseen ja tapansa parantaa sairauksia ja monesti luontaishoitaja, joka oli muinainen lääkäri, ei noita, osaa parantaa Jumalan nimissä. Jumala antoi Lestadiukselle tupakat, koska hän ei päässyt tästä intiaanien synnistä ja lupa polttaa tupakkaa on ikuinen ja Jumala ja Jeesus hyväksyivät sen ja Lestadius ei kuollut tupakan takia, vaan koska Jumala tahtoi hänet jo tehtävän suorittaneena pois maan pääältä kunnian taivaaseen iloitsemaan yhdessä Kristuksen kanssa taivaan Hääjuhlaan. amen.

Luterilainen kirkko oli pitkään meille suopea. Tosin Ruotsin hovissa oli huorintehnyt kärme, joku prinsessa, joka oli naispapin edeltäjä ja halusi murhata elävän uskon Ruotsi-Suomesta konventikkeli plakaatilla. Luterilainen kirkko yritti korjata paavin aikaan saamia tekoja. Lestadiuksen työ pysähtyi paljon vääriin profeettoihin, joita tuli kirkkoon samaan aikaan ja puhuttiin herätysliikkeistä, Lestadius oli profeetta ja saatana teki häntä vastaa harhaanjohtajat, väärät profeetat, joita on aina ollut. Lopulta saatana valtasi kirkolliskokouksen, hyväksyi kadottavan ekumenian ja kumosi Lutherin oppeja varsinkin lähetyssaarnaajana, toi helvettiin vievän kaste opin, sitten naispapin ja lopulta saatana selätti kirkon ja loi antikristuksen, itsensä Jeesuksen hahmossa ja alkoi vihkiä homo- ja lesbopareja, kun oli valehdellut koko tieteen ja kertonut, kuinka kauhea Jumala on, koko kansalle. Lestadius yritettiin murhata lähettämällä tarkistusmatkalle, jossa saatana odotti joka huoneessa, missä hän yöpyi ja saatana oli valehdellut kirkonkirjat, hänhän ne kirjoitti ja se on totuus ja Lestadius tiesi sen ja Jumala auttoi häntä.

Selitän yhden Raamatunkohdan. Kaupungissa palveltiin artemis epäjumalaa ja myytiin hänen pienois patsaitaan. Epäjumalan oli tehnyt langennut Jumalan enkeli. Jumalan enkeli antoi apostoleille periksi ja hänet oli lyöty. Epäjumala oli voitettu, enkeli lähti suojelemasta. Tuomittu, syntiin langennut, vääräoppiseksi todistettu liha lähti kapinaan. Nosti mellakan. Apostolit otettiin kiinni. Sotilaat puuttuivat tilanteeseen ja ottivat apostolit turvaan raivoavalta kansanjoukolta ja veivät kuulusteltavaksi. Jumala oli sotilaiden takana.

Seuraavat kaksi runoa, ovat videona on musiikin kanssa julkaistuna YouTube kanavallani, jolle on linkki kotisivultani www.kirja-lakka.com

Palkka

Kansa huutaa

olkaa suvaitsevaisia

vaadimme oikeuksia

tasa-arvoa

Antakaa meidän

Surmata Jeesus

yhä uudelleen!

Meillä on

oikeus siihen!

Ristiinnaulitsemme

kenet tahdomme

meillä on

demokraattinen oikeus

siihen

Kuka estää meitä?

Jumala?

Mikä se on?

Vaadimme

parempia satuja!


Me teemme

mitä tahdomme

Aika Jumalan on ohi

eikä sitä olisi

tarvinnut ollakaan

Meillä on oikeutemme!

Teemme lakimme

sen mukaan

Kuka meitä

voi estää!


Olemme aina

saaneet surmata

profeetat

Pidämme

oikeudesta kiinni

me tuomitsemme

Jumala kuunnelkoot!

Kerran

on ennustusten

aika

Paha saa palkkansa

käärme

ei saa armoa

saatana tallataan

Jumalan jalkoihin

Jumalan kansa

odottaa

päivää levossa

Kun pasuuna soi

ja idän taivas aukeaa

soitto kuin

enkelten laulu

suloinen

Toisille

julma, armoton


Herran rauha

kansansa omaisuus

Jeesuksen sovintotyö

antaa turvan

Pilkka sattuu

ei tapa

Jumala on edelleen

kansansa turva

# Kihlat

Vaikka usein tunnen olevani

maan musta morsian

niin silti kihloja Jeesuksen

kannan minäkin

Vihkipantin vuodatti

Jeesus ristillä

vannoi liiton ikuisen

Isän edessä

Veri todistaa liiton

pysyvän

uhrasi henkensä vuoksi

kaikkein syntieni

Yksin armon varassa

evankeliumin voimasta ammentaen

pääsen häihin Karitsan

ikuisiin

Herran Rukous

Herran rukous, kuten se Jumalalta annettu on

Herra Hyvästi Siunaa meitä

ja Varjele meitä

Herra kirkasta kasvosi meille

ja ole meille armollinen

Herra valista kasvosi meille

ja anna meille sinun iänkaikkisuuteen kestävä rauhasi

Nimeen Isän, Pojan ja Pyhän Hengen

amen